Vente du Lundi 25 Mai 1868.

TABLEAUX ANCIENS

ET

BUSTE EN MARBRE

PAR

HOUDON

PROVENANT DE LA COLLECTION DE

M. LE M^{IS} DU BLAISEL

EXPOSITIONS
{ PARTICULIÈRE, le Samedi 23 Mai 1868.
{ PUBLIQUE, le Dimanche 24 Mai 1868.

Me CHARLES PILLET, COMMISSAIRE-PRISEUR

M. FRANCIS PETIT, | M. J.-M. DHIOS,

EXPERTS.

1868

CATALOGUE

DE

TABLEAUX

DES ÉCOLES

Flamande, Hollandaise et Française

et d'un

MAGNIFIQUE BUSTE DE FEMME

PAR

HOUDON

PROVENANT DE LA COLLECTION DE

M. LE M^{IS} DU BLAISEL

DONT LA VENTE AURA LIEU

HOTEL DROUOT, Salle N° 8

Le Lundi 25 Mai 1868

A DEUX HEURES ET DEMIE PRÉCISES.

Me **CHARLES PILLET**, COMMISSAIRE-PRISEUR,
rue Grange-Batelière, 10,

M. F. PETIT,	**M. J. M. DHIOS,**
rue Saint-Georges, 7,	rue Lepeletier, 33,

EXPERTS

EXPOSITIONS
PARTICULIÈRE : le Samedi 23 Mai 1868,
PUBLIQUE : le Dimanche 24 Mai 1868,

DE UNE HEURE A CINQ HEURES.

CONDITIONS DE LA VENTE

Elle sera faite au comptant.

Les adjudicataires payeront *cinq pour cent* en sus des enchères.

———

Ce Catalogue se trouve :

A *Paris*, chez MM.	CHARLES PILLET, commissaire-priseur, 10, rue Grange-Bate.ière.
—	M. F. PETIT, expert, 7, rue Saiut-Georges.
—	M. J. M. DIHOS, expert, 33, rue Lepeletier.
A *Londres*,	COLNAGHI, 14, Pall-Mall-East.
—	H. DURLACHER, 113, New-Bond street.
—	F. DAVIS, 101, New-Bond street.
A *Bruxelles*,	ÉTIENNE LEROY, 12, place du Grand-Sablon.
A *Berlin*,	FIOCATI, 21, Unter den Linden.
—	LEPKE, 12, Unter den Linden.
A *Vienne*,	ARTARIA et Cⁱ.
—	Maison GOUPIL, représentant M. KAESER.
A *Francfort-s.-Mein*,	LŒWENSTEIN frères, Zeil.
—	GOLDSMIDT, Zeil, hôtel de Russie.

154. — Paris. Imp. PILLET fils aîné, rue des Grands-Augustins, 5.

MARBRE

HOUDON

1 — **Magnifique buste de jeune femme du temps de Louis XVI.**

Marbre blanc. — Environ 1 mètre de hauteur.

Œuvre d'une allure superbe. Signée et datée 1777.

TABLEAUX

BACKHUYSEN & LINGELBACH

2 — Bataille de Lépante.

Toile. Haut., 135 cent.; larg., 205 cent.

Combat naval dans le port. L'armée des Turcs rangée sur le rivage, cherche à s'opposer au débarquement.

Composition capitale.

BERCHEM

(Nicolas.)

1000

3 — Paysage et Animaux.

Toile. Haut., 93 cent.; larg., 119 cent.

C'est un beau site italien. Un pâtre accoudé sur une vache, deux autres vaches, trois moutons et un chien occupent le centre de la composition. Un peu en avant et à gauche, deux femmes tenant des enfants ,sont assises à terre, auprès d'une chèvre et d'un mulet. Sur un plan plus reculé deux villageois, dont un monté sur un âne, se dirigent vers un pont qui traverse une rivière à laquelle viennent s'abreuver d'autres bestiaux.

BOURDON

(Sébastien.)

600

4 — Le Retour du marché.

Bois. Haut., 40 cent.; larg., 56 cent.

Dans une cour rustique, un fermier, sa femme et son fils sont occupés à décharger leur âne des provisions rapportées du marché et qui consistent en fruits et légumes, dont une partie est déjà déposée à terre. A gauche, un chariot sous un vaste hangar et des moutons à l'abreuvoir.

Production finement traitée, tout à fait dans le goût des maîtres hollandais.

BOURGUIGNON

(Jacques Courtois — dit le)

5 — Combat de cavalerie.

Toile. Haut., 86 cent.; larg., 138 cent.

Deux corps de cavalerie se livrent un combat acharné autour d'un drapeau qui domine la mêlée. L'action se poursuit sur un plan plus reculé, et sur les mamelons avancés d'une chaîne de monts qui se déroule dans le lointain.

6 — Après la bataille.

Toile. Haut., 86 cent.; larg., 138 cent.

Sur le devant de la composition, un détachement de cavaliers qui emmènent les prisonniers. Au second plan le champ de bataille couvert de morts et de blessés. Dans le fond, une armée en déroute.

Deux compositions d'une exécution vigoureuse et d'un style mâle et énergique.

LE BRUN

(Charles.)

295   **7 — Portrait de l'auteur, âgé d'environ 35 ans.**

Toile. Haut., 103 cent.; larg., 76 cent.

Il est vu debout à mi-corps, enveloppé dans une ample
robe de chambre, la tête de trois quarts et les mains ap-
puyées sur le piédestal d'une colonne. Ses longs cheveux
bouclés retombent sur ses épaules.

Très-beau portrait, supérieurement peint.

COYPEL

(Antoine.)

840   **8 — Portrait de la marquise de Prie.**

Toile ovale. Haut., 100 cent.; larg., 80 cent.

La tête de trois quarts et légèrement penchée sur l'é-
paule droite, le sourire malicieux, la main à la hauteur du
visage avec l'index déployé; elle semble narguer quelqu'un.
Ses cheveux sont ornés de rubans, de plumes et de perles.
Un peignoir, autour duquel se drape une écharpe de soie
aux plis chiffonnés, laisse à nu la gorge et l'épaule.

DE MARNE

(Jean-Louis.)

9 — Le Champ de blé.   520

Toile. Haut., 34 cent.; larg., 48 cent.

Sur une route qui borde un champ de blé, une villa-
geoise montée sur un âne cause avec un pâtre qui ramène
un troupeau de vaches et de moutons. A quelque pas de la
route s'élève une habitation rustique entourée d'arbres.

DENNER

(Balthasar.)

10 — Tête de vieillard.   1360

Toile. Haut., 42 cent.; larg., 34 cent.

Il est représenté en buste, de trois quarts, vêtu d'une
robe de chambre de velours cramoisi, garnie de four-
rures. Il a le front dénulé, la barbe et les cheveux
blancs.

Les ouvrages de Denner ont rarement une exécution
aussi robuste que celle de ce tableau.   *

VAN DYCK

(Antoine.)

5850

11 — Résurrection du Christ.

Toile. Haut., 113 cent.; larg., 98 cent.

Extrait du catalogue des tableaux de la galerie du cardinal Fesch, par George, *partie flamande, page 52.*

« Environné d'une lumière céleste, le Christ ressuscité s'élève triomphant dans les airs, portant l'étendard de la foi; il montre le ciel qu'il vient, par sa mort, de conquérir à ses élus. Son corps est enveloppé en partie d'une draperie blanche qui flotte autour de lui. Trois des soldats préposés à la garde du sépulcre, saisis de surprise et d'épouvante sont à demi-renversés; deux autres sont encore endormis. Un rocher qu'on voit à droite indique la place du tombeau qui était taillé dans le roc. »

« Cette composition saisissante d'effet, saisissante par le grand caractère et l'action des figures, par la magie du pinceau et la couleur, n'est cependant qu'une esquisse, mais une esquisse qui, à distance, offre tout le rendu du tableau le plus soigné. Sa dimension lui donne accès dans tous les cabinets, et il a le mérite exquis d'être la pensée primitive et complète de l'artiste.

VAN DYCK

(Antoine.)

12 — Andromède.

Toile. Haut., 180 cent.; larg., 115 cent.

Elle est debout, de grandeur naturelle et presque nue. Ses bras, maintenus au-dessus de sa tête, sont enchaînés à un ro.her. L'Amour, tenant une torche embrasée, lui annonce l'arrivée de son libérateur.

Figure superbe, modelée dans la pâte, avec cette morbidesse dans les chairs et ces tons fins et argentés qui caractérisent le grand maître flamand.

EVERDINGEN

(Albert Van.)

13 — Paysage avec chute d'eau.

Toile. Haut., 102 cent.; larg., 92 cent.

Un torrent impétueux coule au premier plan entre de gros blocs de rochers reliés par un pont rustique qui conduit à un moulin ombragé d'arbres. Dans le lointain, de hautes montagnes dont la base est boisée.

EYK

(Abraham Vander.)

14 — Épisode des controverses religieuses du XVIᵉ siècle.

Un grand nombre de docteurs et de savants sont réunis en concile dans une pièce décorée de statues et de bas-reliefs et au milieu de laquelle est suspendue une grande balance.

Le plateau de gauche contient la Bible et divers parchemins revêtus de sceaux. — Dans celui de droite, où se trouvent les œuvres de Calvin, un prince vient d'y ajouter son épée ; un des docteurs à genoux près de lui semble le remercier de sa haute protection.

Tableau doublement précieux et intéressant par l'importance de sa composition, par le fait historique et les personnages qu'il représente, et aussi parce qu'il est l'œuvre d'un maître que la finesse de son exécution range à côté des Terburg et des Mieris.

Signé dans la partie supérieure : Abr. Van der Eyk : 1721.

FRAGONARD

(Jean-Honoré.)

15 — La réconciliation ou le retour au logis.

Toile. Haut., 72 cent.; larg., 92 cent.

Le maître de la maison vient de rentrer. Deux caressants bambins, accourus au devant de leur père, se pressent autour de lui ; tandis que sa jeune épouse, agenouillée sur un coussin, l'attire doucement vers le berceau où repose le dernier né. La bonne figure de la grand'maman, illuminée d'un rayon de soleil comme d'une auréole de bonheur, apparaît derrière ce groupe, dont tous les personnages enveloppés dans un demi-jour mystérieux se modèlent et se détachent sans dureté sur un fond brillamment éclairé.

C'est un tableau complet, d'une composition pleine de charme et d'une exécution remarquable de finesse, avec cette harmonie que l'on trouve toujours chez Fragonard.

FYT

(Johannes.)

16 — Gibier mort.

Toile. Haut., 77 cent., larg., 98 cent.

Lièvre et perdrix suspendus à une branche d'arbre. A terre, des grives et un faisan près d'un saladier de fraises et d'un gros chardon.

**

GALLO

(Girolamo.)

17 — Trophée de gibier.

Toile. Haut., 150 cent.; larg., 182 cent.

Un lièvre, des perdrix, des faisans, sont déposés sur une table de pierre au pied de laquelle sont étalés des cailles, des grives, des perdreaux et des légumes.

18 — Trophée de gibier.

Toile. Haut., 150 cent.; larg., 182 cent.

Coq d'Inde appendue à une branche d'arbre auprès d'un garde-manger, où l'on voit un gros canard déposé dans une corbeille. A terre, une grande quantité de poules, coqs, canards et pigeons.

Ces tableaux proviennent de la galerie du prince de la Paix.

GUARDI

(Francesco.)

19 — Vue de Venise.

Toile. Haut., 53 cent.; larg., 73 cent.

L'église della Salute, le grand canal et la douane. Les quais sont animés de nombreux personnages; le canal est couvert de barques et de gondoles.

Tableau d'une brillante qualité.

GREUZE

(Jean-Baptiste.)

20 — Portrait d'une jeune dame de distinction.

1420

Toile ovale. Haut., 56 cent.; larg., 46 cent.

Elle est vue en buste et de trois quarts. Ses cheveux sont bouclés et poudrés, et ses épaules recouvertes d'une mante de soie noire.

Très-joli portrait d'une surprenante facilité d'exécution et peint par Greuze, alors qu'il était à l'apogée de son talent.

HAKKERT & LINGELBACH

21 — Paysage; site d'Italie.

710

Toile. Haut., 105 cent.; larg., 125 cent.

A gauche d'une route sur laquelle cheminent une amazone, un muletier et un colporteur, s'élève un massif de grands arbres et d'arbustes. Au fond des montagnes boisées se détachent sur un ciel lumineux. — Effet du soir.

LAWRENCE

(Sir Thomas.)

800

22 — Portrait d'une jeune dame.

Toile. Haut., 74 cent.; larg., 61 cent.

Coiffée à la Lamballe, elle a les épaules couvertes d'un fichu de mousseline bordé de dentelles ; la figure se détache en lumière sur une draperie rouge, relevée, et laissant voir un fond de paysage.

Gracieux portrait peint avec une excessive habileté de brosse et une grande richesse de tons. Lawrence se montre ici, comme toujours, un des maîtres les plus coloristes.

VAN LOO

(Carle.) *genre de Nattier*

620

23 — Portrait de jeune femme.

Toile ovale. Haut., 80 cent.; larg., 63 cent.

C'est une jeune dame de distinction dans un coquet ajustement du matin. Elle est vue à mi-corps et assise.

LOTTO

(Lorenzo.)

24 — Portrait d'Alphonse d'Est, duc de Ferrare.

Toile. Haut., 106 cent.; larg., 82 cent.

Debout, vu à mi-corps, et la tête de trois quarts. Il est coiffé d'une toque noire à plumes et vêtu d'un pourpoint de soie noire à crevés et d'un manteau de même couleur. Sa main gauche est passée dans son ceinturon; il repose la droite sur la garde de son épée.

Figure d'une grande allure et d'une exquise distinction.

MARIESCHI

(Jacques.)

25 — Vue de Venise; palais des doges et quai des esclavons.

Toile. Haut., 41 cent.; larg., 65 cent.

26 — Vue du grand canal.

Haut., 41 cent.; larg., 65 cent.

Compositions qui s'approchent de très-près des œuvres de Canaletto.

DE MACHY

(Pierre-Antoine.)

27 — Vue de Paris; prise du Pont-Neuf.

Toile. Haut., 87 cent.; larg., 132 cent.

A droite, le palais du Louvre; au milieu, la Seine couverte de barques et de bateaux de laveuses. L'hôtel de la Monnaie et le quai occupent la gauche du tableau. La berge de ce côté est encombrée par les chevaux et les bœufs qu viennent s'abreuver à la rivière. Dans le lointain, le pont Royal.

DE MACHY

(Pierre-Antoine.)

28 — Vue de Paris; prise du quai d'Orsay.

Haut., 87 cent.; larg., 132 cent.

Au premier plan, la berge du quai d'Orsay animée d'un grand concours de personnages de toutes conditions, qui viennent assister à une ascension de Mongolfier; tous les regards sont fixés vers l'aérostat. Au second plan, la Seine et au delà la place Louis XV couverte de voitures, puis le jardin des Tuileries. Au milieu de la place s'élève la statue du roi.

Deux vues intéressantes du vieux Paris, de la plus minutieuse exactitude.

MOUCHERON & LINGELBACH

29 — Intérieur de parc.   *500*

Bois. Haut., 51 cent.; larg., 40 cent.

Dans une allée de parc, plantée en partie de grands peupliers, un seigneur et une dame, suivis d'un page, se dirigent vers une fontaine monumentale, au bassin de laquelle deux chiens se désaltèrent. Plus loin, deux chasseurs et leur chiens.

Ce tableau est d'une belle qualité. Les petits personnages ont une allure très-distinguée et sont peints dans le goût d'Adrien Vanden Velde.

VANDER NEER

(Aart.)

30 — Patineurs; effet de jour.   *485*

Bois. Haut., 83 cent.; larg., 53 cent.

Rivière glacée animée de nombreux patineurs. Sur la rive gauche, plusieurs maisons et une auberge; sur la rive droite, un village et des moulins à vent.

NETSCHER

(GASPARD.)

31 — La Musicienne.

1105

Toile. Haut., 43 cent.; larg., 36 cent.

Une jeune dame, vêtue d'un élégant négligé du matin,
joue de la mandoline; elle est assise devant une table re-
couverte d'un tapis de Turquie et sur laquelle sont placés
un cahier de musique, quelques bijoux, et des objets de
toilette.

Gracieuse production de Netscher.

OVENS

(JURIAN.)

32 — Famille groupée à l'entrée d'un parc.

1450

Toile. Haut., 148 cent.; larg., 188 cent.

Assise auprès de son mari, qui prend un fruit dans un
plat de métal, une jeune femme tient sur ses genoux un
garçon de deux à trois ans, tandis que sa petite fille un peu
plus âgée, montre du doigt un petit chien favori.

Figures à mi-corps d'une étonnante vérité.

OCHTERVELT

(Jacques.)

33 — Scéne d'intérieur.

2320

Toile. Haut., 95 cent.; larg., 89 cent.

C'est une famille hollandaise, composée de quatre personnages. — Le chef de la famille, enveloppé dans une ample robe de chambre de couleur noisette, est assis devant une cheminée monumentale ornée de colonnes. Sa femme, vêtue d'une robe de velours noir à manches courtes, ouverte à partir de la taille sur une jupe de dessous en satin blanc est assise auprès de lui. Elle donne la main à sa plus jeune fille, âgée de quatre à cinq ans, et occupée à présenter un gâteau à un petit chien qui fait le beau. La sœur aînée, en robe de satin blanc, offre à ses parents un plateau garni de pêches et de raisin. Dans le fond une porte ouverte laisse voir un jardin attenant à un autre corps d'habitation.

Pour l'éclat et le rendu des étoffes, le précieux fini de tous les détails, la vérité des expressions, la distinction du coloris, Ochtervelt rivalise dans ce tableau avec Metzu et Terburg.

PYNACKER

(Adam.)

34 — Paysage; site italien.

Toile. Haut., 98 cent.; larg., 81 cent.

Un arbre de haute futaie, au pied duquel s'enchevêtrent des ronces, des lianes et des plantes grasses, s'élève à la droite du tableau. La gauche est occupée par deux troncs d'arbres dont l'un est renversé près d'un quartier de roc. Au second plan, un villageois monté sur un âne cause avec un pâtre conduisant un troupeau de vaches et de chèvres. Dans le lointain, de hautes montagnes aux crêtes den elées se découpent sur un ciel lumineux où s'amoncèlent d'épais nuages aux contours dorés par le soleil couchant.

Une des toiles les mieux réussies de Pynacker par son effet puissant et grandement compris, par la vigueur de son coloris et par son exécution savante.

ROMBOUTS

(Théodore.)

35 — Le Festin.

Toile. Haut., 165 cent.; larg., 230 cent.

Des dames, des seigneurs et des musiciens sont assemblés autour d'un table servie de mets variés.

Composition de treize figures, peinte avec franchise, dans une gamme claire et agréable.

RUBENS

(Pierre - Paul.)

36 — Sainte Thérèse intercédant pour les âmes du purgatoire. 16050

Bois. Haut., 65 cent.; larg., 48 cent.

« Sainte Thérèse, agenouillée aux pieds du Sauveur, intercède auprès de lui pour les âmes qui gémissent dans le purgatoire. Le Christ se rend à sa prière, et un ange vient délivrer une des âmes repentantes. »

Cette précieuse production, réunit en elle toutes les qualités qui distinguent si éminemment la supériorité du talent de Rubens, dont les tableaux de chevalet sont si rares »

Extrait du catalogue des tableaux de la galerie de M. Théodore Patureau, par Étienne Leroy, page 25.

Le tableau gravé par Bolswert et à l'eau-forte par Spruyt, provient des célèbres collections du prince de Rubempré, vendue à Bruxelles, en 1765; de Bramcamp d'Amsterdam, en 1771; de M. Van Saceghem de Gand, Bruxelles 1851; et de M. Th. Patureau en 1857; il est décrit au catalogue raisonné de Smith, tome II, page 22, n° 76.

RUYSDAEL

(Jacques.)

37 — Environs de Haarlem.

Bois. Haut., 52 cent.; larg., 66 cent.

Site plat et boisé d'une vaste étendue, et en partie occupé par des prairies entrecoupées de petits canaux et dépendant d'une fabrique de toiles. Ciel nuageux, terrains vivement éclairés.

Bonne production du célèbre paysagiste hollandais, d'un effet piquant, d'une touche légère et spirituelle, d'un coloris fin et transparent.

STEEN

(Jan.)

38 — Scène d'intérieur.

Bois. Haut., 64 cent.; larg., 47 cent.

Dans une salle basse dallée de marbre, décorée d'un tableau et d'une draperie jaune, une jeune femme vêtue d'une robe de satin blanc est représentée assise, le pied sur un tabouret, et le coude appuyé sur une table couverte d'un tapis rouge. Elle accepte le verre que lui présente galamment un jeune cavalier debout derrière sa chaise et qui paraît au mieux avec elle. Tout cela ne paraît causer qu'une médiocre satisfaction à un gros personnage qui rentre au logis et que l'on aperçoit dans le fond de la chambre, arrêté sur le seuil de la porte. — Un homme s'est endormi, la tête appuyée sur la table contre laquelle est placée une basse de viole.

Tableau du meilleur temps de Steen, d'un coloris agréable et d'une exécution très-délicate.

VAN STRY

(Jacques.)

39 — Pâturage ; effet de soleil couchant.   505

Bois. Haut., 56 cent.; larg., 78 cent.

Une dizaine de vaches et quelques moutons sont rassemblés au milieu d'une prairie et confiée à la garde d'un jeune pâtre et d'une petite fille. Le fond de la composition est traversé par une rivière qui arrose un pays boisé. Les premiers plans vigoureusement accentués forment un contraste heureux avec les lointains baignés dans une lumière dorée. Le ciel est beau comme un ciel de Cuyp.

TENIERS

(David.)

40 — Cabaret flamand.   110

Toile. Haut., 26 cent.; larg., 36 cent.

De nombreux villageois sont réunis dans une cour d'auberge. A droite, un groupe de buveurs, hommes et femmes sont attablés près de la porte du cabaret sur le seuil de laquelle se tient l'aubergiste, un cruchon de bière à la main. Près de ce groupe, un gai compère élève son verre en portant d'une manière goguenarde la santé d'un de ses compagnons qui, docile aux exhortations de son épouse, se laisse entraîner par elle, bien qu'à regret. Il n'en est pas ainsi d'un dernier buveur que nous apercevons, sur le pas de la porte d'entrée, opposant une vive résistance aux trois personnes bien intentionnées qui unissent leurs efforts pour lui faire abandonner la place. Les toitures des maisons du village, entremêlées d'arbres, servent de fond à cette amusante composition.

VERNET

(Joseph.)

41 — Incendie; effet de nuit.

Toile. Haut., 60 cent.; larg., 80 cent.

Sur le premier plan, au bord d'une rivière qui traverse la ville incendiée, on voit un groupe de personnages éplorés, dont plusieurs transportent des ballots dans une barque. Au second plan, les maisons du quai, un pont de pierre et une porte de ville se découpant en vigueur sur le foyer de l'incendie.

WEENINX

(Jean - Baptiste.)

42 — Palais au bord de la mer.

Bois. Haut., 84 cent.; larg., 103 cent.

A droite, au bas du perron d'un ancien palais à colonnes, sont rassemblés différents personnages parmi lesquels on distingue une jeune dame et un cavalier assis auprès d'une table. A gauche, un jeune garçon, couché auprès d'un âne. Dans le fond, sur la plage, quantité de promeneurs, de chariots, de cavaliers, etc.

WOUWERMAN

(Jean.)

43 — Paysage.

Bois. Haut., 25 cent.; larg., 34 cent.

Deux villageois, auprès d'un cheval alezan, sont arrêtés
sur un tertre coupé par une ancienne clôture en planches
fixées à un saule. Sur une route, à gauche, un chasseur
tenant en laisse deux chiens couplés.

www.ingramcontent.com/pod-product-compliance
Lightning Source LLC
LaVergne TN
LVHW020629180726
843502LV00006B/1934